とことん人生

豊田里沙

文芸社

とことん人生　目次

■誕生■

大正の末十四年十二月　二日役宅で誕生となる
生れての十六日で郡山　雪の葬儀で発熱をして　母の兄上死去三十五才
飛び戻り宮田実家の奥の間に　三十日間祖母の見とりて　祖母
父上の医学に明るくあれこれと　手当をばして助かりしなり
一月を母添ねして助かるも　ひ弱に育ち度々の病
父上の日立製作明治会　一員にして人事課長と　初代

父上の私の看護と義兄どの　選挙応援長期休みて

父の姉の夫

長らくと休み続けて上司より　注意を受けてサラリと退めて

栄町編物店を経営の　㋓編機設置してとの事

父上の町の有志で消防の　団長となり全国めぐり

宮田の栄町とは色街で　左隣は芸者置屋と

書画骨董刀剣槍や薙と　石器時代の遺物蒐集

父上趣味

お隣りの芸者置屋に幼な子の　いつしか馴染み踊りなど真似

三才の品つくり踊り半玉の「シーちゃん真似よ」と叱られしとか

シーちゃんを置家のおかみ可愛くて　どちらが家か定かならじと

父上の環境悪しと覚えしか　祖父母預りと別れ〳〵に

宮田まで祖母の背かご喜びて　それより久しく祖父母と暮し

隣りには神社のありて三方森　静かに明けて小鳥さえずり

人出入多くありしも祖父母静　三人暮しで大きな家なり

朝早く小鳥の囀り耳にして　ニッコリ起きて唄など唄い

小唄

暫らくしていつの間にやら唄のなく　鶏さんや小鳥とあそび
何となく祖父母咎めて何時しかに　唄を忘れしかなりやとなり
家広く庭になり物総べて有　木登り上手な女の子とか
枇杷の木や柿無花果と蜜柑の木　柚子九年母と桃葡萄など
祖父上の村長町長歴任の　煙害問題補償確得
大煙突使用不能の平成まで　長きに亘り保証されにし
父上の不憫と思い折々に　尋ね来られて共に遊びし

日本初

折に触れオートバイドッ〳〵と　私を背に遠乗りなどし
偶さかの父の背中の温かく　鮮明なりし四才の想い
伯父上の傷痍軍人で列車など　フリーパス有あちこち出向き
日露の二百三高地負傷して　在郷軍人分会長と
伯父上の可愛い〳〵と玩具など　常にお土産げ嬉しき思い出
叔母上の色白美人宮田小町　背の高く才色兼備と
十七で巻紙さら〳〵飛脚状　書きしに寄りて縁づきにしと

見染められ嫁ぎしもの丶子のなくて　近づき難き冷めたさのあり

お友達遊びし折に伯父上の　お土産げ下さり喜び勇み

高級な瀬戸物セット嬉しくて　胸いっぱいに抱えしがガチャン

沓脱の大きな平石粉微塵　べソかき居りし思い出深く

鍋釜やコンロもついてドビン有　皿小鉢まで色鮮やかに

六才で又々病の床に就き「一晩の命」話し聞こえて

此の時のヂフテリヤにて声の出ず　枕辺の襖必死で叩き

父見えて苦しき喉に吸入の　楽になりしか顔のぞき見て

何時にても父上見えてその中に　私の病治りし想う

一年に入学の時期の参りしに　両親のもと帰れるかとか

三才より手塩にかけて育てしに　祖父母是非にも手離すなかれ

目に入れても痛くない程可愛くて　手離す事は今更と祖父母

年寄り子三文安し云われつゝ　皆と同じく一年生となり

二度三度病となりて高熱の　生死の境祖母の看護で

枕辺の土瓶のフタを開け見れば　白き「みみず」の納まりおりし

濡れ縁のお湯をば捨てゝすまし居り「良くぞ飲みし」と褒めて下さり　祖父

黙々と朝早くから夕べ迄　あれよこれよとニコヤカにあり　祖母

陽だまりの祖母縁側で繕いの　幼ない私の物でありしか

いつにても穏やかにあり静かなり　温もりの中生活のあり

■小学校入学■

栄町通いたしと申せども何故か　許可なく宮田より通い
東京の袖子小母さんランドセル　贈り下されはしゃぎ居りしも
ランドセル背負える友の誰もなく　背負い鞄を祖父にせがんで
人並の背負鞄肩にかけ　ニコヤカに友と登校をばして
父親の手作り毛糸被布を着て　軽くて温かくふか〱として
友達とたま〱栄町まわり道　母に叱られトボ〱戻る

■二年■

東京より転校せし女の子　赤ランドセル背負いて登校

お倉入り赤ランドセル早速に　背負いて登校仲良しとなり

色黒く体小さく人見知り　いつも隅っこ一人遊びし

塙先生内気な私愛ほしく　何くれとなくお世話頂き

■三年■

爺婆に蝶よ花よと育てられ　越境しての学習となり

学期末ノートのへりに人形を　画《エガ》きありしに頭にゴツン

痛み耐え必死に消して出展の　甲斐のありしか金賞貼らる

兄姉の絵画を描いてアメリカへ　送られしとか人伝に聞く

姉卒業の絵のみ廊下に飾られて　しっかりおしと云っている如

■四年■

十才の夏休みにと泊り居て　不思議な会話耳に就きにし

伯母上の姑ひとり商いの　言の葉すべて三十一文字

小木津浜伯母上姑

話すこと面白おかし聞きしにて　何時しか私とりつかれにし

あの頃の生活おもい何時頃か　独りでに話三十一文字

伯父上の何の病か知らねども　全身一〇八お灸を据えて

頭から肩胸おなか腰あしと　隅なくお灸私火をつけ

小木津村長

三角の火の消える頃押しつぶし　熱つ熱つくと伯父のつぶやき

鉱山の安全週間ポスターと　作文応募入賞となり

防火デー「マッチ一本火事の元」ポスター画いて金賞頂く

日鉱の清掃週間作文の　入賞となり初めて褒められ

幼なき日整理整頓心がけ　それをその儘素直に書いて

花雛布発想すばらし先生の　も少し丁寧仕上げましょうと

学校より

■五年■

五年生篠田先生受持で　色黒おなじとても優しく
先生は私に自信持つ様に　放課後友の勉強見よと
劣等感抱きし私に先生は　級友三人算国教へよと
先生のお蔭様にて私の　人生大いに変りし思う
兄姉の何事トップ私の　体小さく総べて劣りし
年間で十七人を抜きしとて　進歩顕著の賞をば頂き

スカート

東京の袖子小母さんお祝に　サスペンダーを送り下され

何時もなら恥ずかし思いはかぬのに　自信のついてか即日はいて

石炭屑の山

日鉱の東洋一の煙突に　触《さわ》って見たくからみ登りし

大煙突麓に行きて手をつなぎ　十三人で半周に足らず

サスペンダースカートはいて男の子　宗美齢〳〵と追いかけて来て

■十二・一・七　祖父の死■

囲炉裏端鉄鍋の蓋持つ様に　云われて持つもブツ〱はねて

驚いて手を離す時どじょうの　飛び出して来て灰カグラなり

六年生オーバーコート水戸に行き　祖父求め来て男子用とか

折角の前合せ替えボタン替え　一冬暖かく嬉し贈りもの

十九才で結婚したるもやる事の　有と思いつき江戸に出たりと

妻よてを里に返して上京の　世の中の仕組身につけたしと

祖父

小石川先は落着き新聞社　務め乍らに法律勉強

三年後復縁をしてあれこれと　仕事しながら社会にのぞみ

村議をば向に廻し村政の　大改革を持たらしたりと

朝の二時かくれが浜に網打に　魚とり乍ら塩づくりして

今日上りし魚昆布塩入四間　一山越えて売りに行きしと

戻りには山村より炭求め来て　二重三重の働きしたりと

いつからか糖尿病のお爺さん　寝たきりとなり溲瓶さし込み

朝日

溲瓶には赤い尿の少々で　可愛想なれどどうしようもなく
振り返り刺身に砂糖かけしにて　此の様な病なりしか思い
常日頃尋ね来る人話きゝ　あれこれ面倒見てあげしなり
やせ細り痛い〳〵と云い乍ら　さ程の苦しみ無きに逝きたり
葬儀には大僧正始め七人見え　おごそかに読経長く続いて
誰ひとり悪口の云う人のなく　死をば惜しんでそれ〴〵賛美
何時にても叱る事なく優しくて　物解り良い祖父でありしを

成田山善光寺さん講元で　先達さんの逗留されて
チャボ鳥を育てありしもひねる時　可愛想にて食べる事なく
鶏《トリ》小屋に青大将の入り来て　卵を呑んで知らぬ振りして
祖父上の六年の時亡くなるも　長兄と次姉祖母と暮らして
バナナさん花は咲けども稔りなく　眺めるだけの楽しみとなり
屋敷中祖父思い入れなり物の　年中ありて有難きかな
果物を口にする時必ずや　祖父想い出し嗜み食し

私

■六年■

新婚の先生宅に泊り込み　奥様留守で勉強などし
奥様は農繁期とて御実家へ　戻りし留守に亦もやお邪魔
父親の日本水産製氷の　仕事に変り助川転居
父親の義弟の奨め日水の　海岸製氷支配人として
製氷室大きく寒く暗くして　点灯しての作業なりしと
西瓜メロン各果物を冷凍の　此れ又美味しまれなる品なり

母上の弟

大鮪中骨の肉スプーンにて　シャクリ宮田へ持って帰りし
支那事変昭和十二年小六の　国を揚げての日の丸行進
野に下り数年を経て日製へ　鮮魚納入交渉に趣き
海岸の昔の同僚「魚よし」息子に任せ戻って欲しと
親の事住いの違い作文の　書けぬ儘に助川尋ねて
母上の「どうして来たの」直さまに　職人さんに送り届けられ
何事も祖父母の躾《シツケ》仕方なく「父の教へ」と題して書けり

父親

作文の思いがけなく学校の代表として県誌に載れり
楠公の無言劇《ゲキ》の衣裳をば　姉に見習いせっせと仕上げ
楠公の親子の別れなに気ない　仕ぐさの中に涙そゝりて

お友達

■受験■

伯父伯母の子供のなくて私を　欲しいと申し話し来られて
小学の六年生で高女に　入れて上げるから養女になれと
そのつもり泊りし折に畳へり　踏まずに歩く気遣いなされと
立居振る舞い其の都度々々に　申されて小笠原流背筋通して
あれこれと注意受けるも気にせずと　身につけねばと思い居りしも
住いには若い女性のおりしにて　家の中をばあれこれとして

父の次姉

お前さまお食事すれば大変と　賑やかなるも鼻ズーズーとして
風邪気味で鼻の苦しく時折に　すゝり上げしに指摘されたり
コリ〱の音は良けれどカチャ〱は　物そぢる為良からぬ事と
小学の六年生なれど子の無きは　冷たき人よと黙って戻り
伯母上のお粥お茶漬上るにも　音もなければ箸もぬらさず
蕎麦うどん皆と食べるも音のなく　生業となり友のおかしと
柿の木の大きに登り熟し柿　もぎ取り乍らかじりて甘く

屋敷《ヤシキ》

一かゝえある柿の木に腰かけて　小鳥の巣あり雛のかえりて　畑

しなの柿干葡萄より大きくて　しなび居りしもなべて美味しく

県立の初の入学倍率の二・五倍　むづかし申し　380名中150名2.5倍

後おされ受験三日の過ぎ行きて　結果発表気もそゞろなり

発表は見に来ないでと姉上の　申し残して学校赴き　四年在校幹事

発表の三十五番ありしにて　連絡のあり帰途は一緒に

一クラス十四名受験十四名　合格珍らし巷の話題

先生の一躍有名なりしにて　何か記念と尊徳像を
学舎に尊徳像を寄贈して　送詞を読んで思い出深く
大きいと思いし像の五十年　伺ひ見れば小ぢんまりして
尊徳像時の流れの徒々に　疎じられて恩師所申し
刻まれし十四名の名打ち伏せて　年月の経ちし今更ながらに
台座なく校舎の隅に鎮座して　今も黙して文を読みおり
尊徳像「恩師の欲しい」申せしも　何故か校庭隅に鎮座し

■日立高女入学■

入学の胸ふくらませ登校の　姉の歩きの早さに小走り

先生と仲良しの姉すべからく　リーダーシップ素晴らしきなり

姉上と本当の姉妹色黒は　似て居るけれど殊更申して

大仏と渾名のありし姉上は　一六二センチ　六〇キロなり

因みに色黒わたしちびすけで　一三〇センチ　二十八キロなり

姉上の弓道バレー陸上と　総べて選手で花形なりし

学舎で要養児と肝油をば　一日一粒息殺し飲み

一週間なんとか頑張り登校の　月曜日には止むなく休み

国語の山形八郎先生は　雨情の甥で詩歌ひもとき

作文の受験に就いて提出し　A'なり人朗読《ロウドク》せよと

受験日の初日に始まり発表まで　長々と書き範囲広しと

半年振り弟と会いいさかいの　追かけられて鍋に裾からげ

大火傷右下半身ひぶくれの　お盆なりしに婦長たのみし

三日目のお盆の十六止むを得ず　日立病院入院となり
夏休み火傷をして入院の　村山校長同室となり

二等室二人部屋

姉上

宿題のフランス人形病室で　何とか作るも姉の仕上げて

姉卒業で合同の練習したれど　姉のピアノで皆で歌えり

お嫁入りなさる先生の訪問着　又つけ下げの友禅染を

着物帯草履小物をお揃いで　絞り誂え仕立までして

編物や染物絞り絵も画いて　日本刺繍も抜群の腕

あれこれと手伝いする中何となく　色々身につき褒められしなり

賞状とメダル

慰問文心をこめて書き送り　軍関係の賞の届きし

卒業し姉発病の二年程　お粥の炊き方思案にくれて

■三年生■

高飛の一二五アルファで一位なり　十四の春の運動会で

十六種検定総べてクリアして　金賞頂き晴々として

戦時下で英語廃止の声強く　総べて横文字話すは駄目と

一万米張り切り参加走りしが　胸のヂリ〳〵つらか熱きか

卒業の修学旅行皇居前　玉砂利敷の勤労奉仕

色々と仕来りの有付人の　あれこれ申し殊おかしきか

紀元節英語専攻の校長で　勅語読みしも英語アクセント
校長の英語アクセント勅語よみ　クス〱笑いざわめきとなり
教室に戻り神妙に控えしも　数人の友停学処分と
三年生和歌詠みはやりいつしかに　絵画忘れて六点もらい
十点法八点迄は納得と　おかしき事と抗議をばして

■長兄■

十六才で三尺高さの電蓄を　上野迄出て部品求めて

町内の皆様寄りて戦局の　ニュース聞きたく夜おそくまで

仲良しの兄夜中帰り閉め出され　二階の雨戸私が開けて

若き兄歌の世界に踏入りて　四分六わけのプロマイド有

隙間から覗いて見れば親戚や　知人の寄りて断髪式なり

親戚や知人の寄りて中央に　丸刈の兄勘当の身となる

私七才

兄十九才

勘当の校長宅へ預かりの　助産婦見習懇ろとなり
一の関出身の色白で美しく「川崎ひろ子」そっくりさんなり
慌たゞし結婚式となり世帯持ち　日本水産おつとめとなる
間もなくと女児誕生姫世とか　名づけられしも丸々として
十才の私の背中おんぶして　姫世の顔の大きさと申さる
兄嫁のシーちゃん〳〵と私を　可愛いがられて姫世おんぶし
兄家族宮田に住んで祖母よてと　共々暮らし楽のし居りしも

■十三・六・四■

赤紙の正一兄に舞い込んで　補充兵とか思いおりしも

兄上の召集令状下賜されて　有難く受け覚悟召されし

出征の日の丸襷子に掛けて　銃後の母は涙許されず

長兄の赤紙の来て応召の　宇都宮師団入隊となり

父親の内地を望み思いしが　本人希望し南支に征けり

兄上を殊の外慕い面会日　私も行くと姉の供して

面会の義姉について訪れて　補充兵なり坐る暇なく
通る人誰であろうがもれの無く　挙手の礼などせねば軍罰と
間もなくと南支方面十二月　出発せりと人伝に聞き
現地にて部隊長付運転手　あちこち視察機密地図など
機密地図三原色で作成の　天覧に浴し金鵄勲章

■十五・二・二十五■

南支は広東省で日水の　支社のありして現地除隊し
兄上の日本水産入社して　思いがけない帰国となりし
突然の思いがけない帰国にて「虎は千里行千里戻る」と
十五年二月南支より長兄の　帰国するとて広間に集り
皆揃い車座になり待ち居れば「只今」の声聞き及びしも

祖母申す

■祖母死去■

祖母さまの八十二才嬉しくて「良くぞ帰りしお帰りなさい」と
「お帰り」と祖母の申して膝ポロリ　蜜柑ふさ落ち口なゝめなり
倒れしの祖母その儘に四日間　脳充血で他界するなり
正一の帰り来る迄生きたしと　常々口にし待ち侘《ワビ》しなり
嬉しさのその儘四日グーグーと　眠るが如く静かに逝けり
兄上の帰郷せしより四日目で　帰らぬ人と祖母のなりにし

兄上の家族伴い広東へ　船旅と洒落旅立ゆきし

間もなくと日本水産退社して　軍の指定で会社設立

船旅の一ヶ月して文の有り　台湾銀行二千円送れと

軍隊の覚えの良くて軍指定　工場つくり南華無線と

軍摂取三階建の南華無線　同劇団の設立をばし

兄上の二十六才で工場を　現地人をば三十名使い

十八年全世界の放送の　入る電蓄完成せると

兄二十八才

十九年「日立号」との飛行機を　献納すると手紙参りし
終戦で消息途絶え案ずるも　解って見れば兄殺されしか？
終戦の八月十五日姉病死　届けの有りて兄生存と
新聞の記事にぎわすもなんの事　糠喜びで姉死亡届
姪達のそれぐ尼寺育ちしと　五十六年次々引揚げ
長女次女その家族をば十八名　先は引受け必死に守り
厚生省で一人でどうして十八名　引受けしかと御小言頂き

三女姪厚生省の計いで　家族引揚げ都営に暮らし
現在は姪三名とその家族　眷族なべて二十数名なり
上等兵金鵄勲章允頂き　靖国神社祭られしなり

■十五・三　祖父母の死去で両親戻る■

祖父母の死両親戻り家族して　一緒に暮らすも珍らしきなり
母親の一緒に暮らし初一言「そうです」の言葉ありませんよと
「何々で御座います」常日頃　言葉づかいの注意するべく
戦時下で一働きを頼みたし　是非もないとて会社に戻り
大学出研修生の寮クラブ　従業員の総監督として
三百名寮四ヶ所とクラブ及び　喫茶酒保などすべからく見て

父親

工場に配備の軍の賄も　総べて采配父に任すと

吾が家に菓子職人招いての　軍隊納めの菓子を作りし

何時にても無いもの無し釜屋なり　小豆お砂糖卵すべからく

目の前の手の届く菓子気にせずと　お国の為とつゝましく生き

勝つ迄は欲しがりません国の為　兵士の為には糸目つけずと

祖母のなく背中の寒く折々に　思い出しては独り泣きにし

蝮どの瓶詰すれば子を産みて　珍しいとてホルマリン漬け

親蝮一升瓶に直立し　三匹は瓶底更に顔出し
中々に珍しいとて日立高女　標本として寄贈をばして
刀剣の手入に始まり仕上迄　本にしたりと話に聞きし
お寺さん檀家総代お宮さん　氏子総代共につとめて
父上の端唄小唄とビワまでも　何でもござれ人でありしと
父上の骨董品の個展をば　二階広間で年一回催し
上官に兄入隊で日本刀　息子によかれと差上げたりし

上官の復員されて刀剱を　身を守られしと戻し来りて
是非もなく二度の勤めに就しより　朝十時から夜明けのお帰り
かたくなに何も受けずと居りし父　商人が困る申し来られて
同僚の部長殿より口添の　つけ届けをば頂くことに
金銭は一切頂かずと返し行き　希なる品々一方ならず
軍隊と寮と酒保皆納入の　各業者よりのつけ届けなり
お酒はダースビールは木箱詰　一斗缶の菓子玉チョコの缶

茨城に一台とかの自転車や　キットの編あげ私に誂え

極細身流線型で水色の　最新式の自転車なりし

父上の二十四貫背も高く　細身の自転車可愛想なり

盆暮の応待日がな暇のなく　お礼申して頭を下げて

大東亜戦勃発で女子《オナゴ》皆　挺身隊にと進み行きたり

女子《オナゴ》達挺身隊で工場へ　若き男《オ》の子は召集され征き

■四年卒■

滑川は先生よりも良い靴を　はいて居るなとしげ〳〵申さる
本人の何の事なく履き居りし　靴をば眺め先生一言
吾も亦従軍記者のテスト受け　ＯＫなるも父上差止め
滑川の農家勤労奉仕とて　なれぬ手つきで田植などして
慣れぬ身の田に足入れてもも迄も　抜き差しならずヒルの吸いつき
学舎で軍服仕立指導うけ　一針とんでも天皇の赤子と

キット編あげ

おもむろに仕立をするもアイロンも　天皇の赤子の軍服なりしと

十七年春卒業の友は皆　挺身隊に吾は家庭に

誰しもが進学するか就職の　非常時なるも家庭に収まり

大妻の学院長の講習を　受講大いに役に立ちたり

御近所の皆様紋平お仕立を　再三頼まれ忙しなくおり

中んずく市長夫人のお気に召し　錦紗お召しを標準服にと

次々と七枚程の着物をば　つぶし紋平上下おつくりし

裁ち切るに惜しき品々ジョキ〱と　標準服にお仕立をばして

着物ときベストブラウススラックス　惜気もなしと仕立直して

暮せまる二十八日裏山に　盛花の草木背負いて戻る

正月の山水風景盤に生け　本年納め新玉を待ち

つけ届け戴く事と決めしより　六畳間には珍しき品々

料亭の総べて廃止で吾が家で　歓送会をば三日にあげず

出征の歓送会の仕出しには　事欠くことの無く大援かり

三日毎歓送会の開かれて　若き男の子の出陣となり

軍と寮菓子作りして夜は又　歓送会と家に落着き

正月に鴨剝製にする為に　足に切り込み空気を入れて

何とも早匂に噎せて涙なり　やらねばならずグッと堪《コラ》えて

父上の仕事が軍の関係で　家庭に入るもお国の為と

鴨キジと鮎の沢山とありしにも　一度も口にした事のなく

お偉ら方軍関係の折りに触れ　お見え下さり接待などして

侯爵《コウシャク》の御曹子大佐「もろこし」を　お茶うけに出し立かじりして
書初を家族揃いて書く折の　何故か母のみ書く事のなく
今更に振り返り見て母上の　忙《せわ》しなくあり無理のなかりし
大晦日除夜の鐘きゝ初詣で　隣り屋敷の神峯神社へ
二日より御年賀の客見えしにて　正月七日忙《せわ》しなくあり
隣から又その隣ぞくぐと　男《お》の子皆応召して征き
出征も応召も皆同じかと　思いおりしも中味が違うと

応召は在郷軍人のお召とて　出征は軍人戦地に趣く
此の頃は灯火管制のきびしくて　黒ルーヒング紙回らし書いて
大巾で一丈余りの幟り書く　父の手伝い夜明まで続き
一点の一升なりとの意気込みで　一息に書く父の素ばらし
父親の一筆々々書く文字の　心の通い生き〴〵として

■姉死去■

本復し準教員で平潟《ヒラカタ》へ　生徒の病移りて死亡　チブス
校長のお通夜に見えて惜しい人　死なしてしまい申し訳けないと
教頭と私と三人虎画いて　先生の虎飛び出しそうと　校長先生
孝行の娘先立ち母上の　一方ならず落込みしなり
親よりも先立つ事は何よりも　親不孝なりと憎まれ口を
何として二十二才の若さにて　此の世を去りて口惜し極み

亡姉上

全くと何でも出来し姉上の　早きに死すは何とした事か

常日頃お互いの子を一緒にし　縁の切れぬ様したきと申すも

花嫁の学校開き役に立つ　家事一切の卒業までに

姉上が今日あれば私の　現在の様決してなかりし

吾が家にて学徒出陣歓送会　幟を書いてスキ焼の宴

本夕も父張り切りて幟り書く　大筆三本束ねたりして

墨すりも一方ならず妹と　交替しつゝ間に合わせたり

今日も亦若き男の子の歓送会　征きて帰らず涙ぐみおり

郷里には戻らず征くと若者の　申す言の葉哀れ覚えき

戦時下で標準服の講習を　小学校で開催となり

大妻の講習受けてうけ売の　講習なるも一心に話して

十九才恐いものなし堂々と　二百名からの婦人達なり

御婦人の吾が家訪れ教えてと　それ〲仕上帰り行かれし

戦争の激しくなりて青年部　リーダーとして活動をばし

夜となり竹槍訓練救護法　包帯法など特訓受けて
夜となり暗闇の中女子達の　担架を担ぎ看護法など
軍隊の夜間訓練査察とて　分列行進新聞にのり
指揮刀を右手に持ち行進の「頭アー中」と大声あげて
リュックサック救急鞄御近所の　皆様からの依頼で仕立
上履やスリッパ作りお役所の　皆様利用喜んで頂き
三人組遺族慰問やお手伝い　何か不自由御座いませんか

戦局の愈々きびし家に居る　者国賊と申す時来て
市役所に勤労奉仕三ヶ月　勤める事とし履歴書提出
市役所の上役は皆知り人で　三ヶ月の勤労奉仕と
戦争の激しくなりて女性皆　挺身隊と軍需工場へ
満州へ戦争花嫁選抜の　うら若き乙女勇み征くなり
従軍の記者として又看護婦と　それぐの部所進んで征きぬ
益々と激しくなりし戦時下で　勤労奉仕の役所勤めを

管制のいよ〳〵厳し三重に　覆めぐらし仕事をばして
市長どの父の知人で私の　履歴書ながめ「誰が書きし」と
「ハイ私自分で書きし」申せども　秘書課長どの席をはずして
すぐ様に筆墨紙を用意され　同じ事をば書きおえにける
市長どの振興係辞令をば　下されその日挨拶まわり
早速に振興係配属の　お金はいいね二十八円で
毎日を墨筆揃えビラ書の　ならし二十三枚大わらわなり

秘書課長

模造紙に二十三区分二枚宛　掲示板にと貼られ行きにし

統計やビラ書きおえてガリ切りの　細き文字にて苦労して候

吾が家には謄写版のあり常日頃　いたづらせしに慣れたものなり

学校の文書などをば先生の　手伝いなどし習い覚えて

年度末予算決算ガリ切りで　謄写版ずり人に任せず

人頼み切れ方早くガリ切りの　亦々大変と自分で刷りし

入所時は臨時雇の三ヶ月　退めるつもりが亦三ヶ月

挨拶に立たずに居れる方の居て　不可思議なりと思へど納得

徴兵に向かずなりしと免がれて　直立しても机から肩なり

世の中に大人の顔し背の低く　驚き見るも真面目人間

一緒に仕事をすれば中々の　人格者にて仕事の師なり

書く事がチト早過ぎて乾かすに　用務員さんの手数煩らわし

統計や供出米の産出で　小作の人達嬢さん頼むと

納得のいく行政をせねばとて　若い乍らも一心に勤めて

着物きて襷かけての文字書で　お美事なりし他人《ヒト》に褒められ

小作人農家の人の御苦労を　察してあげて手加減をして

県庁の統計課へ出張の　小作農家の実情つぶさに

坂道を歩いていたらスナップを　撮って下さり後で送ると　グレーパンツスーツ

三ヶ月見る間に過ぎて秘書課長　引き止めしにて勤める事とし

此の度は亦々変り総務なり　雇の辞令三十五円と

やっと仕事理解納得なれし頃　三ヶ月して衛生課なり

衛生のやっと身に着きのんびりと　思いきや亦々経済まい戻り
秘書課長私は何処も役立たず　あちこち回り居るのでしょうか
いや〱色々な部所経験の　先立つ人になって欲しいと
三ヶ月して経済課配属で　書記補の辞令下されしなり
書記補なり四十三円頂いて　仕事範囲の広くなりして
総て皆配給々々の世の中で　一番忙しくやりがいのあり
何するも真剣にして時惜しみ　次々処理し仕事に励み

配給係

一年に四階級特進の　例のなかりしと市長申さる

市役所で私の挨拶おっとりと　皆に真似され何ともはがゆし

此の度はテストの有りて唯一人　書記辞令受け五十三円なり

男35円　女30円

年間で四階級特進は　珍しい事と新聞に載り

一年に四回昇給五十三円　皆が驚き自らもおどろき

文章の起案に始まり計算器　謄写版刷ガリ切りこなし

世間では二十七、八思いしも　私は未だ二十才《ハタチ》なりしに

統計の一緒に働きし人からの　息子の代筆ラブレター届き

色々と話はあれど決めた人　ありしにて私何処にも行かずと

話のある時はアチコチと主任どの　姑の気に入り是非にと申され

主任どの私の姉の友達と　姑との折合で別れし人なり

仕事をば優先するとお断り　何事もなくお付合して

戦時中供出米の統計も　市民の喜ぶ顔にしたきと

トラックに乗りて青果の買付も　郡部農協穏やかに頼み

年若く恐いものなし大らかに　市民の為と一心に口説いて

男性の段々少なくなる折で　銃後は女性で何事女性と

茨城の郡部出張トラックで　各農業会会長と渉り合い

産地より野菜調達根菜も　二十才の私市を背に負いて

産地にて牛蒡掘るとて畑ゆき　畦《ウネ》如ほるも深さ一間

老け型でおっとり型で何となく　事をば旨く運び居りたり

戦時下で思いがけない経験の　次々悟り年長と亘り合い

事務所に戻れば亦々山積の　文書の処理と日々めま苦し

十六貫米俵担い味噌正油　樽をば転がし配給に備え

各物資配分データー作成し　各区配給滞りなく

青果物のぞいて見れば大いなる　軒迄のタル梯子かゝりし

大樽に梯子をかけてラッキョウの　塩漬つくり配給として

議員さんお茶差し上げて手を眺め「働く手だね」一言申して

省り見てインクまみれの私の手　恥ずかしくなり必死で手入れし

忙《せわ》しさに紛れ気付かず恥ずかしく　幾度も々々刷毛で洗いし

化粧せずお香々水吟味して　いと目をつけずポンと十円

課長どの赤紙の来て出征の　手を廻しての即日帰郷と

手拭に虎竹書いて千人針　武運長久必死に祈り

戦局の思わしからず止めて欲し　チラ〱噂の飛びかいりして

特高の眼の光りしに人々は　桑原々々と口々に申し

政府より貴金属の供出で　出さない者は国賊なりと

課長さん即日帰郷で戻らるも　此の度主任召集となり
手を打って何とかなるか待ちおれば　一ヶ月して訓練のやっと戻りし
郷里に立寄りなされ申せども　帰る事なく旅立ち征きて
お土産にチョコ菓子包み手渡せば　嬉し涙か悲し涙か
私より年上の筈すっかりと　姉様気どりで励ましおりし
手を握り「征きます」申し涙ぐむ　学徒出陣の親の想いを
一家にて三人戦死名誉なり　軍神なりしに嘆くもならじ

出征に脅《おびえ》をなして隠れいて　憲兵山がり蟻地獄なり

今日も又幟りを立てゝ勇ましく「勝って来るぞ」に送られて征き

車窓より肩のり出して「征きます」と大声残し　列車は去りぬ

又しても大学出の民雄さん「征きます」元気に戦艦にのり

間もなく乗りし戦艦の台湾沖　沈没せりとニュースのありし

大学出若き男の子の死の旅路　残るは年寄女子供なり

明日《あした》には学徒出陣の覚悟決め　若人なみだグッと堪えて

昨日も今日も又明日《アス》も続けての　若人見送り帰り来るやと
若人の次々遺骨無言での　名誉の戦死あがめ奉つり
何故《なにゆえ》か荒縄箱の遺骨あり　人伝《ひとづて》に聞きぞっとしたりし
飢ひどく戦友の肉喰べしとて　銃殺の刑荒縄おくりと
列車には若き兵士ら漲ぎりて　皆戦場に征くと思へば
兵士等の皆私より年上の　何故か可愛く思へど哀れ
各列車あふれる程の兵士らの　辿り着く先いづれも戦場

従兄みえ送り行きしが曹長で　一緒の汽車に乗りて見送り

ムン〱と若き血潮の漲ぎりて　女ひとりで何ともならで

市長さんニューギニア征《ゆき》の二男坊　嫁に欲しいと人を介して

仕事あり充実しており他《ほか》の事　入る余地なくまだ〱先と

入隊の結婚だけでも休暇時に　入籍だけでもと未亡人多く

御近所の旦那戦死で弟と　逆縁組むも又も未亡人

応召の二年毎帰還して子の出来て　国策そうも未亡人なり

着物きて自転車にのり一廻り　厳しくなりし市情調査を

顔合せ「御苦労さま」と年配の労い言葉　心にしみて

私の力ではなし政策に　そって色々働きおりし

新人の文字の上手な女の娘　一心に教え後釜とすべく

用務員小母さんと二人議会での　御馳走つくり半日かけて

丼物和菓子などをば私の　独自性にて総べてこなして

四方焼桜餅など色どりを　戦時下なればつゝましくして

残業の奨められしにドブロクを　知らずに飲んで足のふらつき
課長どの心配となり家までも　送り届けて笑顔で別れ
翌朝までグッスリやすみ爽やかに　自転車にのり出所をばして
奥様に相談されて口説かれて　夫の事をよしなに頼むと
双方から相談されてどうしたら　道拓けしかしきりと悩み
地位でなしお金ぢゃ無くて人柄と　つくぐ思い人生変りし

36才　20才私

■昭和二十年六月十日　一屯爆弾投下―日立製作所海岸工場―■

物々交換会第一日　鉄製品の一切供出　於小泉運動具店

街中で物々交換鉄ものと　アルミ鍋など目方計りて
昼日中突如轟音すさまじく　大戸グラ〳〵バリ〳〵〳〵と
警戒と空襲警報ゴウグラ〳〵　メリ〳〵バリ〳〵襲いかゝりし
総硝子大戸八枚グラ〳〵と　吾等目がけて踊り来たりし
空よりのグヮー〳〵と轟音の　何が起こりし訳の解らで

陳列の戸棚小道具踊り出し　総ての物が躍動し襲い

咄嗟に机の下に四人して　重なりおるも硝子バリ〳〵

私の年若けれど年長の友　こぞり来てすがり着きたり

四名の物々交換会場で　初の空襲見舞うけたり

けたゝまし空襲警報鳴り響き　何事なりや想像もつかず

ゴォーヒューーバリ〳〵何事ぞ　身を寄せ合うも机の下なり

何たる事思う間もなく空襲の　天と地の境這ずり廻り

店主どの吾が家の壕に御一緒に　どうぞ此ちらへ誘われ行き
合間抜け四人揃いて地下壕へ　駆け込み行けば先客の居りし
顔見知り誰も居らねど皆な同　心一ツに無事を祈りし
薄暗い壕に身を寄せふと見れば　自家発電の豆球ともりし
地下壕に落着きおるもゴーゴーと　唸り地響き形容し難し
知らぬ者旧知の如く語り合い　死なば諸共意気投合し
壕の中かゞみ居りしも揺れすごく　持ち堪えてと黙して祈り

防空壕揺さ振り乍ら飛行する　敵機の威力物凄きかな

濠の中「死なば諸共」最後まで　生きられるだけ頑張ろうと

暫らくし静まり返り地下壕を　抜け出し見れば足踏み場なく

おずおずと表に出れば空黒く　何事なりやとくと解らず

黙々と火の手の見えず黒い空　のしかゝり来て茫然として

新道の長く続きて人影も　何物もなく静まり返り

人影のない新道の静かなり　壊れし物の路上に散りし

直ぐ様に自転車飛ばし役所まで　飛んで返りしもドンデン返し
取り敢えず情況把握来て見れば　てんやわんやの大騒ぎなり
海岸の日立製作お目当の　一屯爆弾なりしと聞く
六月十日一屯爆弾の海岸へ　投下の空は墨絵の如し
緊急の会議を開き取り敢えず　罹災者対策準備をばして
長い様で短かい時間瞬時にて　かくも被害を蒙りしかと
日立の海岸工場投下され　被災の程は全域に及び

夜半なるも訪う人の絶間なく　被災者の数如何程なりや
押寄せる罹災者の数思うより　多きにありて夜も帰れず
父親の海岸工場もしかして　案じおりしも運よく山の手に
父上の御無事との事ホッとして　話す間もなく急ぎ役所へ
次々と伝達のあり目ま苦し　まだ〱苦し人のありしを
海岸の防空壕に入りりし人　すべからく皆爆死されしと
壕に入り安心と思い居りしも　直撃受けて全員死亡と

爆撃で壕の入口塞かれて　避難せし人蒸し焼となり

空からの降る爆弾に立向う　術のなくして皆壕に死す

暫くし運動具店の息子さん　生憎壕で亡くなられしと

日本軍対空射撃したれども　敵機に届かず空中に散り

目の前の夢か現実《ウツツ》か定め兼ね　徒らに時過ぎて行くなり

やっとこさ夜明け吾が家に辿《タド》りつき　母の手作り「おはぎ」頬ばり

世界初爆弾なるを投下され　上を下への大騒ぎなり

■昭和二十年七月十七日　艦砲射撃■

諸々の処理いろ〳〵と片付けて　帰宅をせしは九時を廻りて
雨降りて十三世帯宿泊し　やすむ間もなく空襲警報
「どうしようどうしたら良い」「それ〴〵に」「個々の判断で行動してと」
吾が家に疎開せし人それ〴〵に　雨の中をば裏山に逃げし
消防団「艦砲射撃」連呼する　慌たゞし声暗闇に響き
雨の中皆それ〴〵に山中へ　避難されると揃いて出でぬ

雨戸あけピカッと光る物の有　流れ星かと否照明弾
直ぐ様に当り一面昼となり　屋並の総てあらわになりし
照明弾落ちて街中丸裸か　ヒューンドスンと弾の飛び来て
吾が家ではお布団山と重ねして　中にもぐりて静まりを待ち
幾重にも重ねし布団の中にいて　ヒューンドスンの尚も聞こえて
絶え間なく続く音々地響の　艦砲射撃!!弾の飛び来て
八重二重山と積まれしお布団の　中に潜るも耳を劈ざき

夜の明けて静かとなりて見廻せば　裏山の土手弾穴のあり

艦砲の射撃の一発裏の土手　グサリとさゝり不発となりし

幸いに母屋と倉の中間の　間を抜けて土手にグサリと

裏の土手土やわらかく弾入り　裂烈のなく命びろいし

昨夜来艦砲射撃の跡すごく　アチコチの家破壊されにし

長い夜いつしか明けて静まりし　這い出し見れば吾が家無事なり

前六時急ぎ役所に飛んで行き　艦砲射撃の現地査察を

救済の片づく間もなく次なるを　手当考え市は騒然として
用務員小母さん頼み炊出しの　準備をばして非常時備へ
ボツ〳〵と被災せし人相談に　役所に見えて急遽手立を
表現のしがたき街の道すがら　つぶれし家屋燃え上る家並
すべからく麻痺状態で役所中　てんやわんやの大騒ぎなり
街の中騒《ソウ》然として施しの　様もなくして死者二千人
真黒い顔して役所詰めかけて　何でもいゝの食べ物欲しと

人間のいざと云う時腹すかし　良き事なしと悟りたれども
昼夜と何も口にせず役所見え　支給のおにぎり誠に美味しと
母子して煤け顔なり眼のひかり　笑うもならず黙して支給
取り敢ず東海校女校庭に　骸ら運び並列をばし

■昭和二十年七月十九日未明　焼夷弾空爆・B29来襲■

艦砲の後処理すませ九時帰宅　夜食をつまみお茶箱のこと
鉛引お茶箱九個縁側に　並べて置きし「壕に入れて」と
「雨降りて壕に水あり明日にする」母の申して横になりしが
けたゝまし空襲警報突然の　表を見れば炎メラく
警防団「滑川さん!!　灯りが!!見えてますすよ消して下さい」
「火の海よ早く逃げて」叫けべども母「腰たゝぬお水欲しい」と

父母に声かけ出ようと思いしも　お水お水と母の申して

咄嗟にて手元ヤカン手渡せば「熱くて呑めぬ」言の葉かえり

水屋より柄杓にお水汲んで来て　母に渡して土間に下り立ち

雨戸をば明けて覗けば火の玉が　メラ〳〵と辺り一面

戸を開け尺角めら〳〵炎立ち　夢かとまごう火の海家敷

土の上庭木のあたり水の面　総べてのものに焔めら〳〵

扨何をキットの編あげ勿体ないと　地下足袋はいて表に飛び出し

裏庭の要塞池に飛び込んで　水をば被り防火に当り

火の玉の一尺おきにメラ〳〵と　勢いつけて火叩き振りし

メラ〳〵と所構わず炎なり　木の枝々や池の水面も

火叩で一面の火玉バン〳〵と　叩いて〳〵何とか治まり

ふと見れば二階の戸袋父上の　消火に当る姿のありて

訓練のよろしき様に消火して　何とか一時静まりし思い

足かけて廊下の茶箱出そうかと　思いし折に班長見えて

火叩きで必死で叩き炎みな　消火せし折「弾薬が先」と
誰ぞやと振り返り見て軍人の「それもそうか」と板倉に走り
手榴弾々薬軍服機関砲　軍足地雷倉いっぱいに
軍隊のいざと云う時一小班　参りますから御安心をと
班長と兵隊一人「お二人？」と問う私に「天皇の赤子」と
いざと云う此の時二人見えられて　後は山中に避難せられし
天皇の赤子なりせば山中に　避難されしとすげなく申し

軍隊の「いざと云う時」この時が　其の時でなく如何するやと
一言と思いはすれどグッと耐え　吾が荷物をば諦めしなり
軍隊の二人見えられ軍用品　運び手伝えと有無を云わさず
弾薬が炸裂すれば何もかも　ふっ飛ぶ事になりますからと
此の儘で死するは国の為ならず　何とか生きて戦わねばと
訓練のよろしき様に声かけて　軍用品を次々運び
日常の訓練よろしく心得の　親子三人事に当りて

母妹の防空壕に避難させ　確りしてと励まし入れて

父五十五母五十三妹は　十七と十一私は二十

長兄は南支義兄は戦地？なり　次兄は満州弟は寮に

日立製作所学生寮

父娘三人必死で火叩き甲斐のあり　夜空くっきり吾が家安泰

消火せる吾が背後からB29　偉大なる影おゝい被さり

黒い影庭一面に広がりて　何かと思へばB29なり

B29ゴーと音させバリ〱と　機銃掃射の豪雨と化して

黒い影大きな大きな黒い影　背中這いずりバリ〳〵ダダダ
空からの機銃掃射で唇に　ジリッと熱く跡の残りし
吾が壕へ爆弾地雷つめ込んで　母と妹「如何するや」と
取り敢えず布団渡して北口へ　逃げて欲しいと見送もならず
石段を駆け下りて行く母妹の　後姿に無事を祈りて
北口へ駆け抜け行けば小木津なる　伯父の家あり何とかなると
軍人は天皇の赤子なる故に　先は裏山へ軍務は私共に

軍隊の品々守り身一ツに　成り果たしての現状きびし
皮靴をしまい地下足袋身につけて　何の事なし総て灰なり
総て皆焼土と化して丸裸　裸より強いものは無かりし
ふと見れば壕の真上に不発弾　ブスリと立ちて何も申さず
最終時上場に畳土砂かけて　念を入れしが幸いしたり
焼夷弾投下此の時に軍隊の　一小班なり見え下されば
いざと云う時此の時に兵居らば　吾が家の財宝援かりしものを

軍隊の身勝手なりし吾が壕に　吾等使いて運び込みたり
常備せる火叩き担ぎ大わらわ　次々消火ホッと一息
訓練のよろしき様に消火して　何とか一時静まりし思う
箱物を土手より転がし横穴へ　どんどん入れて胸撫で下し
横穴に軍服二千着地下足袋の　庭運びして土手より転がし
吾が事を後に廻して軍隊の　品々運び必死に守りし
父と娘の一心に消火静まりて　ホッとせし折火柱の下りて

美事なり油脂焼夷弾バラ〳〵と　空から降りて地に吸い着きぬ
火柱の吾が家に舞い落ち　一瞬にして火の海と化し
倉いっぱい軍需物資の預りしに　吾が家のみの集中攻撃
ドスン!!　ウォー間口九Kの　母屋一瞬火柱と我ら襲いし
いつしかに兵士の蔭も声もなく　横穴の中避難せしとか
訓練のよろしき様に消火して　もう此れ迄と吾が家後にし
火の海と燃え盛る吾が家を　労らい乍ら別れを告げて

父上ももうこれ迄と火の中を　重要書類と刀二振

「逃げましょう」燃え盛る家見すごして　父日本刀二振のみ持ち

裏山の墓地に避難し吾が家の　燃え盛る様眺むるも哀れ

隣なる留守なる家の弾薬の　炸裂すごく空に届きし

近所にて燃えたる家は二軒のみ　軍の用品預りし家

裏山の墓地に身を置き考える　術のなくして燃え盛る見て

大空を旋回しおる敵機あり　いまくしくも何ともならず

軍隊の対空射撃も何もなく　日立市全般火の海と化し
何となく静まり返り音のなく「下りて見よう」と父上申して
戦災の命のありしいづれ又　何とかなる日訪れありりや
吾が家敷三方囲みし大木の　業火に焼かれ丸裸なり
高台で見晴らしの良き家敷なり　全市焼失見通し遥か
錘鉛引茶箱九個丸裸　中なる品は蒸し焼となる
焼夷弾爆弾の残骸六個有　まだ〳〵熱く恨めしきかな

何となく治まりしかと戻りしも　母と妹の安否如何にと

三時過ぎ火の手納まり戻れども　何物もなく燻り居りて

明治末三千円の總桧　宮造りとの吾が家なりしを

父上の茫然とせる姿をば　見るに忍びず慰めもならず

常日頃竹槍訓練救急法　習い覚えし役立たなくて

七月の焼夷弾にてすべからく　灰となりたる吾が家の骸

五十年余過ぎたる今も鮮かに　炎に消ゆる吾が家の哀れ

呆然と父立ち尽す後から　続きて吾も又立ちつくし
書画骨董父上一生の財宝の　一溜りも無く焼土と化して
呉服屋の営業ならず引受けし　反物五十反総べて灰なり
八竿の箪笥《タンス》長持総て灰　影形のなく如何なりしや
二階の間刀箪笥もその儘に　何物もなく嘘の様なり
青磁の壺や香炉の得がたき　色香の室の思い出悲し
ブローチや帯止誂え作りしに　それは美事な装飾品なり

あの室で兄の断髪何事か　幼なき私の瞼に鮮やか

軍隊の一小班見えず総べて皆　業火の元に焼土と化せり

繰り言の申すも詮なき思へども　割り切れぬもの拭い切れなく

吾が家の壕に軍用品運び込み　吾が家の財宝総べて灰なり

吾が壕に軍用品の入れずんば　あまた財宝壕に収まり

十七の妹和代健気にも　終始黙して消火に当り

宮造り総桧なり二階建　轟音と共に瞬時火の海

夢であれ幾度思うも現実の　厳しき様の変る事なく

何事も国の為なり優先の　一途に尽くしはぐらかされて

いざと云う時の来りて兵二人　吾等必死に軍用品まもり

あの時に吾が財宝壕に入れ　守りおりせば悔なかりしに

国の為国の為なり洗脳の　国の政策不可解なりや

海軍と陸軍の考え異なりて　東條英樹おし切りたりと

日の丸の行進の裏ニューギニア　玉砕となり沖縄もしかり

報道の何処まで信じ得るものか　戦争やめて人々しきりに
柱なげし薄板につば飾りもの　ずらり飾るも露と消えにし
父上の石器時代の遺物やら　まが玉土器も総べて灰なり
吾が家の部屋くまなくと飾りおり　掃除大儀と思いおりしも
戦災で総て失ない父上の　生きる気力の薄れし思う
母上の疎開しましょう申せども　大丈夫申し総て灰なり
焼夷弾残骸のありまだ熱く　焼土も又熱つきにありて

住み馴れし家一方も無くなりて　窯屋の跡に芋《いも》くすぶりし

取り敢えず焼跡の芋貪りて　先は役所へ走りに走り

庭先に並べ置きにし自転車の　影形なく如何なりしか

午前四時吾に返りて庁舎まで　何も無ければひた走り行き

右左焼土と化して燻りぬ　走る鼻づら燻りに噎せて

桐木田の坂をば走り行く先に　爆弾おちて大穴のあき

大空に何か流れる見えしにて　咄嗟に伏して難をのがれし

市役所に辿り着けども跡形も　総べては焼土一溜りもなく
道々も総ては焼土炎立ち　走る事さえ熱きに耐えて
大方は偵察機より落とされし　小型爆弾なり人の申して
役所に着いて見たもの丶焼跡で　裏の牛舎でモーと鳴く声
幸いに役所の裏の大窪さん　戦災まぬがれ健在なりしに
昨日迄働きし庁舎瓦礫なり　止むなく裏のお宅に頼み
取り敢えず誰も居らぬで止を得ず　牛舎を借りて事に当りし

牛入る柵の中に机一ツ　牛糞《フン》おとし何とか手立し
牛ならぬ牛年の私柵に入り　何とかせねば考え纏めて
電話なく筆ペンも紙も総てなく　伝言のみで小父さん走らせ
部課長の遠隔の地にて足のなく　顔の見えしはお昼を廻り
総べて皆私の思惑で手配せる　若いと云う事恐いものなく
市庁舎の全焼しての上なれば　隣接町村援助たのみて
隣接の小木津村長伯父上で　よしなに頼むと小父さん走らせ

用務員の小父さん達の見えしにて　あれこれ指示し援助求めて
何もなく机筆ペン算盤と　一応拝借何とかなりし
街中は死骸の山で修羅場なり　何処をどうする思案に暮れて
取り敢えず隣接町村おにぎりを　二万食宛小父さん走らせ
死人あり怪我人ありてあくせくと　総ての処理を役所が当り
トラックで死体運びてダビに伏し　形づかぬ儘焼夷弾なり
校庭に残されし死体その儘に　焼夷弾にてなんなく火葬

艦砲の死者

艦砲の死骸校庭に並列の　業火（地獄の火）の中に火葬となりし
トラックに山と積まれし亡骸に　道行く人の黙して去りし
烏沢集積されし亡がらの　焼夷弾にて火葬となりぬ
烏沢青年団の友ひとり　焼夷弾の頭からお腹に
何もなく着たきり雀替のなく　焼けないお宅の施し受けて
錬成の伯父今日も又陣頭に　立ちて諸々指示を飛ばして
被災者の救済すべく非常用　掃き出しての支給となりて

ひ弱な赤子を抱いて牛乳の　特配ほしと申し来られし
同じ児の一日に二度見えられて　不思議思へど親の異なり
解りしも知らぬ振りして特配の　牛乳穀粉出してあげにし
役所裏牛乳屋さんの御好意で　ヤカンで牛乳秘かに飲みし
各区から町内会の代表に　集り頂きおにぎり支給
バケツ持ち配給とりの代表の　何世帯分と差出して来て
根拠なく何のデーターもなかりしに　代表の声信じて支給

魚など料理する吏員なかりしに　魚屋の主人駆出しとなり
取り巻の前にして一本の　サガ棒切身見本作りし
輪の中を覗く人のいて「滑川のお嬢さんなら大丈夫でしょ」
声のする誰ならんと振り向けば　組合長どのニコ〱として
若き故男手のなく張り切りて　本職前に説明をばして
諸手にて数あらためて配給の　終りて見れば臭い取りつき
吏員たち半数足らずの人員で　自然と夜は泊り込みして

それ〲に皆焼け出され何もなく　時間も無ければ夜昼もなく
戦時中不自由忍び暮らせども　それどころでは無い〱づくし
用務員小父さん達を先頭に　町内歩き実情調査を
町内で亡くなりし人怪我の人　田舎帰る人それ〲調べ
野菜など色分けとしてそれ〲を　一纏めして町内支給
電線に下りし儘に手や足が　飾りの如く黙して治まり
妹の如く可愛い川上の　戦火の元に敢《あ》え無くなりし

前夜には吾が家に泊り二コ〳〵と　姉待ち侘《ワビ》て壕に散りしと

経済の主任の息子予科練の　終戦間近かに花と散りにし

金銭のやり取りのなく無償にて　気楽と思へど中々大儀

町内で三人息子皆征きて　途方に暮れし老夫婦あり

坂道の登りつゝあり飛行機の　影見えし時爆発のあり

飛行機は偵察機とかその儘に　ぐるりと回りビラ等まいて

降伏ビラ

爆発の跡ふと見れば大穴の　二〇米直径のあり

物云わぬ下りし手足衛生の　小父さん達は黙して納め
戦勝や戦勝やとか国民の　挙りて湧くも空景気なり
吾が家は軍の品守り何事も　無く終りしが隣は炸裂
炸裂の暫く続き施主どの丶　亡くなられしと人伝に聞く
前振も警報なく時折に　空爆のあり小さな炸裂
食事の支度しようにも鍋釜なく　食べるに皿も小鉢もなかりし
皮肉にも投下されし爆弾の　残骸にての煮炊となりし

爆弾の残骸なんと六個あり　鍋釜椅子と使用するとは

それ〴〵を窯に鍋に又椅子に　しばしの間仙人の生活《タツキ》

焼跡のおさつまおじゃが炎にて　程よく焼かれ貪り食し

取り敢えず小屋がけ作り雨しのぎ　家族揃いてほの〴〵生きる

庭端に屋根げや下し床はりて　支給の毛布暗闇に暮らし

丸裸父親黙視御先祖の　明治よりの家思うも哀れ

父上の口には出さねど収集の　石器時代の遺物日本刀の数々

柱鴨居長押に到る迄薄板に　ところ狭しと飾りおりしも
刀の鍔小づか鞘の中飾りもの　金銀ちりばめ見事な彫もの
刀簞笥いっぱいの刀長押に　納められた槍薙の数々
簞笥には国宝級の名刀も　皆一瞬にあとかたもなく
全国を巡り歩いて収集の　思い入の品総べては灰に
年毎に趣替えて個展など　各学校より先生方みえ
高女のバザーの折は先生の　吾が家に見えて何点か展示

松虫や鈴虫龍の落し子と　はた又蛇の見事な彫り物
幸いに分庁舎の健在で　早速移り業務開始を
分庁舎吾が家の裏手近くして　何事便利呼びに来られし
宇都宮師団長見え呼出しの　急ぎ戻るも軍用品運び
師団より味噌正油米支給あり　感激新らたに有難く受け
吾が家の総てに替えて守りしを　軍需品の山さらりと運び
必死にて物資弾薬守りしも　総べて引揚げトラック一台

吾親娘生命に替えて運び出し　守りし品々師団で引揚げ

軍需品身をば挺して守りしを　師団長すべて運び去りにし

暫くし横流しとの噂あり　何とした事か憤慨しきり

軍神に三名捧げ靖国の　他人の言う程有難くもなし

名誉とて国を揚げての礼賛に　泣く事ならず健気に生きる

吾独りあれやこれやと引受けて　総て何とかこなし切り居り

高女より先生見えて何とかし　東電入社協力たのむと

母の実家

吾が家の焼出されての半月し　水戸の実家も焼失をばし
終戦の十日程前母上の　水戸の実家も戦災に遭い
遙かなる空真赤にて鮮かに　戦災でなくば美くしきものを
雄大な花火の如く燃えさかる　母の実家の業火なりしを
いよ〱と激しさ増せる空爆の　降伏ビラのヒラ〱舞いて
勝田より上水戸までをてく〱と　歩いて見れば中々の道のり
朝出かけ夕刻やっと伯母宅へ「おきしあんね」の居候とか

水戸実家総て丸焼疎開先　上水戸に行き伯母と再会
伯母宅は学徒出陣兵士らの　宿舎とありて大賑いなり
伯母宅に一晩泊り車にて　伯母共々に従弟の運転
見舞に行き見廻り品の数々を　車に積んで従弟に送られ
頂いた駒下駄はけど緒の切れて　何もなかりしすげ替ならず
到頭に広島長崎原爆の　投下されしに詔勅の下り
詔勅の聞き取りにくく人々の　勝利なりしと申したりして

よく〳〵と拝聴すれば無条件　降伏なりし戦争おわる

もう二十日早く詔り発すれば　吾が家も水戸も事なかりしを

終戦の度思い出し天皇に　物申し度き思いつのりし

焼け出され何も無くなり　人生の大いに変り今のありしか

■終戦后■

神奈川の母の妹叔父上の　満州に於て死亡との事
吾が家の近く生活を話あり　あれこれ手配引揚げをばし
板倉のありし辺りに仮住い　建前しての生活《クラシ》となれり
従妹おり日立高女でなかりしも　何とか話し入社をばせり
間もなくし役所進駐米兵の　通訳として従弟推薦

東電

■義兄復員■

終戦の間もなきに義兄《あにうえ》の　中支より無事戻り来て
中国の蚕土産に兄還る　痩せ細りして見る影もなく
中支より蚕背負いて戻り来て　軍服の縫目ビッシリ白く
大釜でグラ〳〵煮立て退治して　先は着用せねばならじに
復員し即刻日水顔だして　其の日より働く義兄《あに》の逞くまし
兄上の日本水産水戸支社に　目きゝの良きに社の為働らき

復員し一年もせずと義兄《あに》上の　生き〱として目標と崇め
何事も義兄《あに》に相談道拓け　吾が行く道の定まりし想い
余りにも義兄を頼り姉上の　誤解を招き唖然としたり
偶然に遭遇しての帰宅して　邪推をされて全く驚き
戦災に遭わねば人生全くと　異なりし物を思へど哀れ
七月末焼出されての一月も　ならない中に終戦となり
母屋跡そばを蒔きしに青々と　やがてワサ〱夜盗虫集来

暫くしそばを焼いて母屋跡　仮住居など建てる事とし
お金では駄目と申され焼釘と　お米二俵を都合しての事
義兄《あに》上のお力添のありしにて　何とか秋に新築なりし
焼出され分庁舎での業務なり　進駐兵の市に入り来て
通訳の満足でなく儘ならず　高女の英語も役に立たなく
市も困り進駐兵の通訳に　早速従弟入所させしも
進駐兵ハイスクールで居眠りを　していたのかと笑い飛ばして

学校の勉強などで英会話　通ずる筈なくあくせくとして

いつしかに半年の過ぎ何となく　話の通じ大いに役立ち

机上での身につかずして実践の　否応なしに会話通じし

終戦後役所進駐米兵の　総ては調査線上にありしと

新田で二軒集中攻撃の　軍の用品預りし家

進駐兵お守り役をば頼まれて　下級生の娘推薦をばし

終戦后若い男の子の入所して　青年部出来婦人部長と

引揚の高女卒見えて早速に　東京電力入社をば決め
此の友は小学校より高女まで　仲良しの方満州より戻り
転入の手続き見えて再会の　話花咲き就職も決め
友達の律儀な方でお礼にと　貴重なる炭下されて候
行く先を考え抜いて市役所に　辞表提出受理されなくて
巷より色々話のありしにも　十二も年上考えあぐねて
おっとりと老型にしてどうしても　二十才に見えず年の離れて

従兄なる彼と水戸をば散策の　野球部連中バッタリ会いて
水戸に居て三市対抗応援に　臨んで欲しいと連中申して
止むを得ずお供をばする事として　従兄と共に球場おもむき
休憩時見知らぬ人の割って入り　薬を塗ってと肩を差出し
戦時中救急看護習得の　到れり尽せり指圧をばして

■次兄■

十七年出征すぐ様満州へ　二年を過ぎて終戦となる

ソ連行列車より逃げ飛下りて　膝をば怪我し蛆のわきしと

次兄の三年を経《へ》て復員し　色黒やせ細り目のみギョロ〳〵

誰かと問ごう顔をして「只今」と　焼土の仮家ヒョッコリ現れ

階段の二十三段その儘に　焼野ヶ原に仮住いなり

暫くの健康とゝのえ就職の　難かしき折父同道し

日立の海岸工場父親の　顔のきゝしに難なく入社

兄上のもとく真面目覚えよく　すんなり入社定まりしとか

真直に向いて歩く人バスにても　微動だも無く直立せしと

あの方がお兄さんなのよろしくね　お近い中に紹介してねと

兄上の満州時代一切の　話のなくて難儀されしか

東電に入社の二人それぐに　同社の方と結婚をばし

T氏の勤め定まり明日よりは　吾が市役所に通うなるらし

秘書課長

恩師宅通勤の人入所して　切符の手配頼むと申され
駅までの道すがらにて歩きつゝ　結婚してと唐突に申し
私には決った方が居りますと　はっきり申し歩き続けて
私の知らぬ振りして歩めども　胸のドキ〳〵つぶさに聞えて
名も知らぬ何も解らぬ人からの　突然の叫び驚き見入り
約束をして居りますとはっきりと　お断りして切符わたして
復員し日立製作日航と　及びありしも市役所と決め

三市対抗

戦地より戻りし彼を友達が　野球にさそい手伝いさせて

入隊前日立製作ノンプロの　一員として席のありしと

薬ぬる手の感触が忘れられず　吾が市役所に決めたと申し

辞表は受理されぬ儘新人の　事務指導をば頼むと申され

書記として働き居りし大学出　年長男性手ほどきをして

若い人とは申せども大学出　私よりは遙かに年上

一日の長とし教える毎日の　務め果せば退職出来ると

ずる〳〵と重宝がられ居残りて　主事補の辞令受けてしまいし

色々なコネのありして市役所の　列車の切符一切引受け

青年部婦人部つくり私の　婦人部長と祭りあげられ

結成のパーティ開き会食の　八十名のカレーライスを

男手なく何事独り仕切りおり　何の事なく運び居りたり

仮庁舎軍隊支給のジュラルミン　大釜仕込み八十名分

はっきりとお断りして話せども　その後も度々呼出しのあり

主任から申込の有お姑の　私を気に入りお話しのあり
嫌ではなかったけれど何となく　気持ののらずお断りをして
土木のATさんやHYさん　申込受けしも皆お断りして
T氏より僕の方が絶対に　幸せにしてあげる申し来られて
伯父さんもあれこれ話持って来て　総て年上中年と思いし
睦会四名又も呼出しの　色々話し男にしてと
その中に何かしら悪い事をば　して居る様な錯覚落入り

睦会九人

私の何とかしてのあげねばと　思い惑える気にさせられて
昼下りA氏に一寸と呼出されれ　焼跡行けば男性ズラリ
睦会とやらの面々初対面の　何とかT氏を頼むと申されれ
身寄りなく孤独にして頼れる人　何とか男にして欲し申し
本人の振られたならば死ぬ申し　何とか頼む頼むと申されれ
毎月の初めに寄りて説得の　何か悪い事しておる思い
一年間断り続け根負けし　父が許せば考えますと

暫くし校長宅に招かれて　何とも早や作戦開始
それから毎月誰かしら三、四人　父親尋ね将棋などして
女性の主事補県下で初めてと　新聞に載り話題となれり
議会の選挙集計割算の　出来る人なく駆り出されにし
解り居る思いおりしも總からく　世間知らずの私でありし
焼跡に校長先生見えられて「身寄りのなく良い人だから」と
「身寄りなく良い人だから」その言葉　ジワリと応えその気になりし

睦会それぐ〵月に一度なり　三、四人して父を尋ねて
三、四人黒沢先生先頭に　二年程して父本人に会うと
二年目の二十三年のお正月　本人を見て父親ダメと
松茸の程蒸し出して「タコ」ですか　味噌汁出せば四杯飲みし
馬鹿婿の三杯汁と諺の　四杯飲むは大馬鹿なりし
桁はずれ箸にも棒にもかゝらぬと　常識の欠けし人物なりし
人相の淫乱にして性格の　破綻者なり取るに足らずと

バレー部の発足となりキャプテンで　皆の指導し学生にかえり
老いまして御心優し父母に　さかしき事の申し兼ねつも
口にして云い給わねど父上の　御心深く涙おぼえき
父母のありて此の世に吾のあり　されど行く道事を違えり
隣なる父母の話の耳に入り　独り佗《ワビ》しも吾が事にして
おみな吾強く生きんと思へども　父母想い何故かためらい
只《ひた》すらに強く生きんと願えども　何故か苛立つこの日この頃

役所課会一泊　袋田長生閣

浮し世の憂い忘れて天地の　恵の温泉独り楽しむ

男などその様に甘い物でなし　とくと考え召されと主任

大空にまたゝく星の数知れず　いずれを主と定め兼ねつも

訳のなく涙あふれて詰る胸　吾が苦しみの明かす人なき

歳月の流れ流れて流されて　睦の方に寄り切られ候

行く道は苦しみ多き事と知る　ともに拓かなむ続く限りを

冬の夜の冷たき床に寝もやらず　果しなき夢独り想うも

君ひとり思い尽して生きて行く　吾が行く道の険しきと知る

たゞ真あるを信じて行く道は　共に歩ゆまん命のかぎり

健やかにありつる人の羨まし　思い煩う吾が身悲しも

夕暮のひと影の無き御社に　吾独り来て物を想へり

侘《ワビ》しさよ独り夕の御社に　穂なき芒をさきて帰りぬ

睦会何とかくに絆《ほだ》されて　何とかせねば思いあがりし

私の解っておると思いしも　何も解らず寄り切られ候

巷なる数ある話断りて　睦の友の言葉に酔いて
父初め伯父伯母上司友までも　総べて皆さま大反対と
すべからく反対されて何となく　何とかせねば思いつのりて
友達の良からぬ噂のある人よ　良く考えて見て欲しと
幾度の親の言葉に逆いて　何とか男にして見しょうとか
若さ故頑くなになり何として　見はなす事の出来るや否や
人生に三本の道幸福と　平坦な道崖落の道

父の申す

お前は敢えて崖落ち選びしと　ゴツンと一個火花の散りし
パチッと音のする如火花散り　瞼一瞬明るくなりて
一瞬の瞼の面にほの白き　閃光ひらめき頭真さら
生まれての初めて父に叩かれて　殊更痛くも申訳なく
父親の泣くに泣けない胸の中　察しは就けど言葉にならず
叱られし思い出のなく初めての　お叱りなれば頑なになり
此の人を一生かけて神かけて　男にしますと父に文書き

占の知り人見えて「大凶」と　事もなげに告げて去りにし
親戚の兼ね合いのあり式典は　出来得ぬ事申し渡され

■二三・三・十一　結婚■

義兄上《アニ》の計に依り一流の　真鯛一尾つき会席料理
兄弟と友八人の自転車で　仕出し運ぶも本人来たらず
宴会の仕出し運びの自転車の　乗れずに往復押して歩きし
行く道の足の届きし工夫して　何とかすれば乗れた筈だに
飛行機は操縦するも自転車の　振れた事なく乗る事出来ず
皆様の往復するも主ひとり　待てど暮らせど戻り来たらず

義兄姉東京より駆けつけて　花嫁着付是非共私が
弟と縁組させたく話せども　思い叶わず支度だけでも
是非にもと願い叶わずせめてもの　花嫁衣裳着付けさせてと
義兄姉何としてもと私の　晴れの支度に東京より見え
すっかりと上りし衣装紐といて　初めより着せ三十分なり
居合せし美容先生驚いて　色々話し聞いて覚えて
ゆったりと着せて頂き此の様な　着付けのありし歓心を持ち

茨城県日立市

花嫁のしたく整え小畑まで　小沢の伯母に一目会いたく

徒歩にての三十分往復の汗ばみて　肌のしっとり春風にのり

戦後にて物珍しく子供等の　ぞろ〲ついて纏《マツ》わりつきし

夕刻の列車に乗りて遠野まで　父同道で主の伯母宅へ

高島田結ろたる儘の夜汽車にて　居眠りもならず腿をつねりし

次の日の夕刻やっと遠野着　三月なりしに雪のありして

夕食後衣裳を抜いで洗髪の　手伝いのなく一人で洗いし

岩手県　遠野

五個程の髢《カモジ》をはずし必至にて　ビン付油ときて流せり

黒檀の雪見格子で重文の　父見届けて帰省したりし

翌日は父帰省して私共　土渕叔父様お泊まりとして

なれぬ身の必至に歩くも知らぬ振り　サッサと歩いて振り向きもせず

雪道の歩いて九十分紋平と　雪靴借りてトボ〱歩き

獣医宅広々として人影の　ありや無しや暫く佇み

叔父様の大きな囲炉裏火を焚いて　どうぞ〱持て成し下され

地下室《ムロ》にリンゴのありて美味しくて　尽夜返上五個程いたゞく
夕食のつるりと肉のピンクなり　奥へ通れば兎《ウサギ》さがりし
月灯り獣の庭の暗がりの　先に厠の鎮座しており
板二枚渡してありしトイレにて　紙などもなく荒縄のありし
土渕の叔母様宅もお寄りして　お茶など頂き帰途に着きたり
尽立ちで高室の伯母見送りの　「安心した」と申し居られて
翌日の尽日立着実家ゆき　直ぐ様荷出し引越しなりと

市営の住宅工事間に合わず　当分実家同居思いし
何処ぞへか思い居る中引越すと　友達頼みトラック荷積
車のり何れに行くか知らぬ儘　お供をすれば叔父様宅と
突然に押しかけ同居驚きぬ　市営住宅三畳割り込み
最前に住宅一ヶ所何とかと　都合したりし市営なりしと
三畳間タンス戸棚と机入れ　机の下に頭をば入れ
新婚の何の事なし突然の　押しかけ雑居出発となり

主の母方

五年生

校庭の夜ともなりて自転車の　稽古一時間何とかなりし

六ヶ月雑居生活お別れの　長男坊のすごくなつきて

半年しやっと引越す新世帯　台所など私が作りて

学校の焼跡建ちし住宅の　廻りは校舎の土台に囲まれ

水害の住宅管理まかされて　引越し行けば二十軒余り

中間に共同水道二個口の　皆でカチ合えば中々のこと

手桶二つ担ぎ持ち来て水瓶に　移し汲みおき使いおりにし

バレーボール秋の試合に飛びはねて　キャプテンとして大いに張り切り

九月末やっと落着き庭先の　数ある野菜青青として

本棚を作って欲しいと頼みしも　本三冊のせてばらけて終わり

主さんの都市計画に席をおき　市内散策《さんさく》面白きと申す

計画図線一本にあれこれと　申し来られて手加減せりと

ちやほやと御馳走伴いホク〱で　昼夜分かたず悦に入りたり

市内へと出張旅費の請求の　数の多きに会計おどろき

給料の安く当然と大威張り　市内出張中味如何にと

私の会計に移り目に余り　主の請求削除したりし

公務員の何たるものか認識《にんしき》の　およそ無くして選挙演説

「天を見よ地を見よ」と言い首振れど　後の続かず三万大笑

只今の「おっしゃいまいした」吾が事に　敬語を用い穴に入りたく

結婚しその日からフトちぐはぐな　生い立ちなりし思い悩むも

何とかしまともな精神《ココロ》持つて欲し　あせり居れども一向平気

松《マツ》の家の姐《ネエ》さん見えて浮気人　困ったものネと駄目押をして

父親の具合の悪く呼出しの　硝子戸越しの主の無様さ

秋になり体育シーズン忙しなく　見る〳〵中に二ヶ月過ぎて

運動会主一番かと眺めしに　前の組なりドン尻となり

若い娘の沢山居りて走り出し　先は駄目としかし一番

主さんの何も無くして参加賞　両手に余る私の賞品

住宅に水屋などをば南側　屋根下屋おろし独り作りし

主　私

十二月予定日なるもお腹見えず　誰ひとり気付く人なく
十一月産休をとりホント〳〵　誰もが驚き顔み合せて
朝な夕な家の内外かたづけて　お産の準備おさ〳〵として

■十一・十四■

朝の五時成沢の山桧伐り　産湯の薪の調達をして

山に来て又驚きぬ男なのに　鋸鉈の使えぬ人なり

主さんの車は引いた事のなし　私が引いて主は押すなり

桧丸太車に山と積み込んで　やっとこさとお昼に帰宅

昼食後薪の長さに伐り　鉈で割つては井桁《ヰゲタ》に組んで

庭先のコンクリートで薪つくり　井桁《ヰゲタ》に組んで乾き待つなり

初産のつわりも無くてお腹出ず　誰も出産と思わざりし
夕刻の井桁《ヰゲタ》の山の四組程　見事積み上げ先づは安心
夕食をすませ映画立見して　お腹の痛く冷えしせいかと
夕食の旬のサンマ賞美して　労働の後心地よく食べ
最后まで立見し帰りお腹痛み　夕食のサンマ食べ過ぎしかと
一日の疲れのありてウト〳〵と　時にお腹の痛くトイレに
床のべて寝みたれども折々に　痛のありて母をば呼んで

明け方に助産婦さん見えられて　内診をばし首をかしげて
ヒョットして産れるかも知れません　お湯の用意を下さいとの事
動き過ぎ胎児の下り産れるかと　最少し様子見ましょう申し
産月の間近となるも吾のぼり　台所屋根張り替などし
生活の基本姿勢のかけし人　鋸鉈も大工仕事も
電気のヒューズ替えてと頼みしも　見た事もなく出来ぬと申し
きり〳〵と痛み激しく時きざみ　又もや眠気の眠り腰とか

二、八〇〇g

七時半やっと産れて男の子　産声やさしく泣きて生れて
お腹冷え産れし赤子ベットりと　油ましろく纏りつきて
誕生の二十三年十一月　十五日朝七五三の日
蠟の如く青白い糊べつとりと　全身おゝい自然の保身と
長男の思かけなく誕生の　用意の薪も間に合わずして
おびあきの過ぎて役所に戻りたく　母に話すも子守は嫌と
結婚の女は家庭に入るもの　役所は退めて育児専念と

子育ては母の責任それなりの　思い出づくり共に歩めと
止むなくと年明け辞表提出の　家に入るを余儀なくされて
昨夜は徹夜仕事と思いしに　手作り弁当届けたれども
所内の雰囲気どうもおかしきと　帰りて問えば遊び泊りし
宴会の終りて会計する折に　女御ぬれ〱唯ではすまじと
その言葉聞くも何も感ぜずと　居りし私の面白くなしと
野球バカ何も出来ない人と知る　全く常識の欠けし人なり

洗《セン》顔から箸《ハシ》の上げ下げ殊ごとに　總べて気になりどうにもならず

私の前で自分を繕い外行けば　自由奔放気楽なりしと

都市計画線一本の兼ね合の　右か左か有志うごめき

夜の顔又尽の顔変わりなく　いつも浮きうき浮かれし彼か

此の先に有為転変の業《ナリウイ》の　待ち望むとは露も知らずと

著者プロフィール

豊田　里沙（とよだ りさ）

大正14年12月2日生まれ。

茨城県日立市宮田出身。

茨城県立日立高女卒業。

現在、練馬区在住。

とことん人生

2002年5月15日　初版第１刷発行

著　者　豊田 里沙

発行者　瓜谷 綱延

発行所　株式会社 文芸社

〒160-0022 東京都新宿区新宿1-10-1

電話03-5369-3060（編集）

03-5369-2299（販売）

振替00190-8-728265

印刷所　株式会社 平河工業社

ISBN4-8355-3802-1 C0092